U0070122

劉正偉 著 江麗梅 插畫

新詩絕句
一〇〇首

論提倡「新詩絕句」

「新詩絕句」又稱「現代詩絕句」，為筆者去年開始在臉書大力提倡的新詩創作形式。筆者亦帶頭示範作法，獲得普羅大眾的迴響，原本排斥或不曾接觸新詩的網民，亦有許多人開始讀詩與嘗試寫作。

「新詩絕句」的唯一規則，就是只寫四行，而沒有字數、形式與格律上的限制。與古時候「五言絕句」一樣四行稱為絕句。

我國自古以來為喜愛詩的國度，古典詩中四行是絕句；八行是律詩。每行五個字，有四行，就是五言絕句，例如柳宗元的〈江雪〉：「千山鳥飛絕，萬徑人蹤滅。孤舟蓑笠翁，獨釣寒江雪。」短短四行，意境深遠。然現代社會、自由的國度，詩體亦已解放，自然不宜再套入格律的框架，帶著格律的腳鐐跳舞。

筆者在學院教授《現代詩及習作》課程，發現一開始要學員們喜歡與嘗試創作現代詩，短詩與情詩最容易入手，也最能吸引同學們的興趣。尤以二行詩、三行詩、四行詩的習作，易學易懂，成效最優、結果豐碩。並數度推薦至報刊發表，從而更激勵同學們的創作與發表慾。然二、三行詩（或日本俳句）略嫌短小，大概只能承載詩的意象一二，而新詩絕句一如五言絕句，可以涵容傳統起承轉合的創作技巧，或者更多的意象群組於其中，應為最適合提倡的新詩創作形式。

當然，坊間還有羅智成寫過新絕句、林煥彰在《聯合報》副刊與《乾坤詩刊》合力推出幸福絕句徵文，短時間即徵集 2125 首幸福絕句，可謂引發廣大迴響（聯副 2013 年 1 月 23 日）。然新絕句或幸福絕句也好，新與幸福皆為形容詞，且羅、林二位詩人旨在創作與徵文，未見持續大力呼籲與推廣新詩運動。而新詩或現代詩則是既有名詞，筆者在既有基礎上，提倡新詩絕句，當為更具體更易為普羅大眾接受。

關於新詩與現代詩名稱的定義，在上個世紀的台灣詩壇與學界，已經有過多次的爭論。大陸則稱1949年以前的新詩為現代詩；1949年以後的新詩為當代詩。筆者的淺見以為：

1、新詩：為相對於傳統格律古典詩，一切形式解放的新詩體裁。尤多稱五四運動以後的新詩形式。然也因過於籠統，辯者謂新者恆新，未來猶有更新者。

2、現代詩：筆者以為現代詩有狹義與廣義兩種：（1）、狹義現代詩：以現代派或各種現代主義理論，嚴謹定義所寫的詩。（2）、廣義現代詩：凡現代人以相對於傳統古典詩的形式與內涵，以富有現代感、現代意識，並運用現代形式與手法創作的新詩，都可稱為現代詩。廣義現代詩定義，現在逐漸為大眾與學院派所接受。

上個世紀末，現代詩運動與活動逐漸趨於岑寂，一謂現代詩日趨成熟；二謂現代詩變不出新把戲；三謂現代詩遠離普羅大眾，詩人關起門來創作，無異拒人於千里之外。自從上個世紀末台灣詩壇颳起後現代主義詩風後，有些詩人越寫越晦澀，有些詩人則越寫越長，動輒數百行，乃至數千行都大有人在。然現今繁忙的工商社會，3C 當道低頭族流行，物慾橫流的時代，究竟有多少人有時間去陪讀詩人的數百數千行的文字遊戲？或所謂曠世絕作呢？

本世紀伊始，筆者所提倡「新詩絕句」，亦能如唐宋以來古典四言絕句般，批判現實，諷諭生活，誌寫人生。筆者提倡新詩絕句的動機，即是希望普羅大眾都能讀或寫新詩，進而喜歡新詩，寫詩，不再是少數學院或所謂「專家」的事。

「新詩絕句」四行詩，短巧精悍，不僅易於國人理解、背誦與感悟，也更有利於翻譯推廣至國外，不需過於賣弄文字，相信更能博得普羅大眾的喜愛與欣賞。

刊登轉載發表：

·《台灣時報·台灣文學副刊》（2013年2月20-21日）。

·《乾坤詩刊》66期（2013年4月），頁14-16。

·香港《文學評論》（2013年6月），頁76-77。

Love....

You will always....

have a special place in my heart.....

目次

1.〈雲海〉

雲霧，在太魯閣峽谷間款擺
無聲無息，隨興自在的演出

她不為任何一個觀眾
只為一個，癡情的我

2.〈關於愛情〉

關於愛情

其實是一種微弱的火苗

及其引燃的煙火

短暫，而永恆

2013年1月3日

3.〈風〉

風，像一個酒醉的男子

常常冒冒失失

莽莽撞撞沒有方向感

一如，年輕時的我

4.〈窗〉

想妳的窗打開
心花，就怒放了

每天種下思念的小草
希望能一直綠到妳的窗前

5.〈雨季〉

雨，滴滴答答的下著
有些掉進河裡，有些掉進回憶裡

雨季，總是比我們的想像還要長
長的，讓記憶都發霉了

6.〈十二月〉

十二月，濕冷的季節
受潮的，淡淡的哀愁

這世界，總這樣總那樣
總是帶著微微的傷感

7.〈守候〉

風，已然遠離

只有土地這個癡漢

忘情的在樹下，等待

守候妳，一生一次的飄零

8.〈回眸〉

該如何抵抗歲月的催促呢

回眸，一個凝視

微笑，就永恆了

縱然，時間它長著一對翅膀

2013年1月22日

9.〈失眠〉

夢在凌晨四點醒來

市聲悄悄，屋外清涼

世界一片漆黑，發呆著

微弱的星子，遠方的妳

10.〈思春的麥子〉

田裡一粒思春的麥子，像
一艘沉醉湖面微漾的舟子

在秋天金黃色的麥浪中徜徉
遙想著，明年早春發芽的情事

11.〈愛與詩〉

這世界，醜陋無比
人生在世除了金錢
還有更值得追求的
譬如：愛與詩

12.〈歌〉

該如何開始唱一首人生之歌呢

寒暄幾句，還未張口

酒店已宣布打烊

明天？再不再會

13.〈小三〉

救護車警笛由遠而近，又匆匆離去

聽說，那個名聞社區的女人

將她的心事從十二樓拋下

墜落的速度，流言怎麼也趕不上

14.〈傷〉

昨夜，織女星徹夜未眠

流星劃過處

有人，吻了月光

風流著，傷

15.〈嘆〉

總想抓住一點光陰的尾巴
無奈時間總是在趕路
時光飛逝，太匆匆
轉眼，一別又是經年

16°C 風大大吹
— Limeichiang 2014.2.21(五)午后淡水漲潮

16.〈人生〉

人生，就像是愚人節

剛過兒童節，就到了清明

猶記得童年景象，倏忽中年

前程似是白髮蒼蒼

一冬日雨中的樹
— Limei Chiang 2013.12.26 —

17.〈冬至〉

我必須揪著心

才能避免走失於時間的迷宮

冬至之後，哈啾

歲月，也感染了傷風

18.〈童年〉

那年夏天

沒有勇氣親親妳的酒窩

轉身，妳的影子小

成了永恆的烙印

19.〈貓叫〉

誰？在窗外伸頭探望

有一些雨絲飄過

像深秋的落葉那樣悄悄

風來，貓叫春的聲音

20.〈疤〉

逐漸結痂的傷口

像某些逐漸淡去的故事

不搔，會癢

抓了，淌血

2013年1月28日04：00　夢寐得詩

21.〈謝天〉

如果，早晨的第一道陽光

是大自然的恩典

感謝天

讓我重新發現世界的美好

淡水新年夕陽
—Limeichuang 2014.1

22.〈蚊子〉

靜靜盯著他忙碌工作著
直到被一聲巨響驚醒

啊！那血肉模糊的生活
竟是血中帶淚

23.〈傷口〉

人生是一條單行道
有著坑坑疤疤的路面

每個人心中，總有那麼幾個小傷
常常在暗夜中舔舐，自體療癒

24.〈圈圈——致美麗灣〉

地圈起來，海也圈起來了

天啊！何人恩准你

圈走我呼吸走路的自由

誰能？阻止月光在沙灘上散步

25.〈情〉

心海沉沒的風帆，得用一生的時間打撈

當年的四目相接，年輕的戀人啊

在彼此心上刺了青

從此，就留下了情

26.〈油麻菜籽〉

秋收後，貧瘠的土地上
還有什麼可說的呢？

就讓我為你好色的鏡頭
添一筆豐收吧

27.〈月光〉

月光，從窗口悄悄爬了進來

想探一探我夢底的囈語

今夜，只想靜靜守著這個秘密

我拉上窗簾，輕輕將她推了出去

28.〈日子〉

日子是一個個發亮的水坑
小心，不要耽溺於水窪
也不要讓自己輕易的跌跤
在你到達大海之前

Limei Chiang 2014.2.26 二二八生態

29.〈年獸〉

年獸是一匹可怕的怪物

我日以繼夜奮力與牠搏鬥

暗夜裡攬鏡自照，才驚覺

牠在我額頭眼角留下巨大爪痕

30.〈過年〉

在鞭炮的催促聲中，年獸走的匆忙
卻在我們眼角，多留下一些爪痕

新年愛到廟裡擠擠拜拜
沾沾旺旺的人氣，或者神氣

31.〈公平〉

世界上最公平的事，惟有時間
無論富貴貧苦，每人一天 24 小時

歲月靜美，你不過日子
日子自然會穿過你

32.〈立春〉

斗指東北維為立春

時春氣始至，四時之卒始

三陽開泰故立春也

節後宜：祈福酬神求嗣安葬除靈進金

・你有多久沒看農民曆呢？現代人離農業社會越來越遠，但農曆節氣仍有參考價值。今年（2013年）立春為國曆2月4日。本詩取材自農民曆，意在提供匆忙的人們對傳統的省思。

33.〈距離〉

親愛的，全世界最遙遠的距離
是你在我心裡，而我卻在你手機裡

我們面對面坐著默默無語
藉手指螢幕的滑動，愛撫彼此

34.〈布袋戲〉

遠處廢棄鐵道旁鑼鼓喧天
原來是小廟裡的土地公生日

戲台上四位師傅輪流賣力搬演布袋戲
台下看戲觀眾除了我，還有土地公

35.〈書〉

智慧的結晶，跳舞的思想

靜靜躺在扉頁的夾縫中

等待知音開卷，共鳴

惟其靜美，所以永恆

36.〈洗〉

晨曦金色聖潔，塵埃黑色幽微
白天，我們在紅塵打滾

每個夜晚，我們獨自沐浴淨身
試圖洗滌一身沾染的罪惡

37.〈薰衣草〉

妳總是愛穿綠色裙紫色上衣
在我年少輕狂的歲月中游走

微風吹拂，暗香浮動
回憶，總隨紫色香影向我襲來

38.〈春〉

微風輕輕梳過山崗

枝椏，都悄悄綠了

春雷犁過大地

草兒，都驚醒了

39.〈違章建築〉

鐵皮，一帖帖淺薄的膏藥
敷在城市斑駁的傷口上

貼也麻煩
撕也麻煩

40.〈土地公〉

土地祠，坐落村子角落
安厝在我心底深處

在他鄉悲喜歲月裡，總是
想起土地公，那淺淺的微笑

41.〈愛〉

每一個孤獨的靈魂
都像漂泊天邊的雲朵

一顆心只要有人接受
這世界，就有了愛

42.〈海芋的季節〉

海芋是一個個雪白的音符
寂寞的唱著自己的歌

在春光裡賣力公演，在竹仔湖
唱出春天交響的樂章

Limeichiang
陽明春曉

43.〈路〉

人生路途坎坷崎嶇

堅持下去，會更平坦寬廣

莫嫌荊棘險阻，前程艱難

路走久了，就是你的

44.〈落櫻〉

春風颳走了冷冽寒意

夜裡有雲雨翻攪

更傷櫻樹斑斑，小徑

有昨夜嫣紅的淚

45.〈送別〉

那年，你隨夕陽離去
如大雁展翅高飛

長亭送晚，前程渺渺
更堪回首，依依

46.〈初戀〉

某年夏天的教室裡，青春
正負雲層在空中交會

兩對眼睛，擦出了閃電
多年後，還冒著零星火花

47.〈三月〉

麗春三月，水田亮光

白鷺鷥田中散步，春光徘徊

春風吹長了雲腳

冷冬，就遠颺了

窗上的風景 2014.
Limeichiang 5, 18

48.〈春耕〉

肥肥的水田
是春天的鏡子

油麻菜籽犁入春泥中
田水，就更肥了

49.〈時間之河〉

在連綿的時間之河

我們像一隻小艇緩緩經過

漾起淺淺水紋

不久，又趨於平靜

2011.12.4

50.〈長城懷古〉

蟠踞古國的一條巨龍
恆在我的夢裡翻飛

老毛說：不到長城非好漢
我說：英雄早已滾落歷史的邊坡

51.〈微笑〉

像岩縫開出燦爛的花朵

像冬陽將冰雪融化

親愛的，若妳展開歡顏

全世界將為妳沉醉

52.〈天空〉

天空是雲的畫布
湖面是雲的鏡子

我的日子是一片空白的天空
等待你來，盡情揮灑

53.〈木棉花〉

春雷一響，就爆紅了枝頭
怎奈，無情風雨摧殘

啊！那在身後飄零一地的
竟是我們青春的容顏

54.〈香〉

多飽實的一柱香
像女子青春的胴體

再淒美的愛情，終成灰燼
當微弱的愛苗點燃剎那情火

55.〈公園〉

人牽著狗，狗牽著人
蝶戀花，花戀蝶

藍天，白雲，樹蔭
老人，孩童，笑聲

竹子湖一迷霧山嵐
2014.3.12(三)

56.〈詩〉

夢想，是一隻毛毛蟲
在我深夜的夢裡醞釀編織

清晨，當陽光閃現
乃隨之破繭而出

57.〈寂寞〉

寂寞，在街道上走著
像一陣風輕輕踩過落葉

沒有人發現我的存在
就像風一樣

58.〈臉書〉

孤獨個體潛藏寂寞的靈魂
都在此相互取暖，相濡以沫

衷心的讚嘆，自然的鼓舞
非思不可，我們每日修行的道場

59.〈雨〉

總是不經意的想起妳
在夜闌人靜的時候

妳是知道的，雨下久了
也是場可憐的災難

60.〈如夢起時〉

在風花雪月中藏一座草場
他日，放牧失眠的牛羊

在兩座山頂間藏一顆星星
如夢起時，植詩造夢

站在高崗上
— Limei Chiang 2014,3,4 (二)陰雨 —

61.〈星願〉

好久，好久不見

如果妳來，我們一起

躺在草原靜靜地吹吹風，如果

妳點頭，願為妳摘下那顆小星星

62.〈不再〉

經過多年的風風雨雨

如果，再回到從前

我會緊緊跟隨，細細呵護

不再輕言，別離

63.〈雨〉

你是她唯一的太陽
曾經，妳是他美麗的雲彩

天空竟然飄起晶瑩淚珠
當你悄悄，轉身

64.〈和妳一樣〉

心裡，充滿迷惘
除了問號，還是問號

和妳一樣，有些小確幸
有些惆悵，也有些期待

65.〈憶〉

偶爾神秘，眼角淚光閃閃
偶爾，有著癡傻的微笑

內心沒有人了解的孤寂與痛
其實是一種星空般繁複的意象

66.〈蟬詩〉

當植物園的荷花爭相競妍

相思木開滿一樹黃花燦爛

夏天，屬於妳的季節正式開展

從此，蟬聲就有了詩意

陽光乍現海水
—Limei chiang
2014.5.8(四)

67.〈孤獨與寂寞〉

朋友，你的孤獨如此強大

以至於，我的寂寞

永遠也趕不上

妳的，孤獨

68.〈思念〉

這世界唯一說不清的，也許是情
唯一還不完的債，也許是愛

有情有愛糾結的一生
思念，有著苦辣酸甜

絹絲瀑布
2014.3.18(二)

69.〈頰〉

妳臉上長了兩顆水蜜桃

親愛的

再紅一些

就是伊甸園熟透的蘋果了

70.〈思憶〉

失憶，是遺忘
思憶，是一帖藥方

時間，悄悄緩解了創傷
愛情終究是人生旅途的幻夢

71.〈錯身〉

在對與錯的時光流連，躊躇
轉角曾經遇到的愛與思念

一次轉身的回眸，就是永恆
一生有了愛與詩，我已富足

see a world in a grain of sand,
a heaven in a wild flower,
infinity in the palm of your hand,
eternity in an hour.
—.William Blake
2014.2.25 轉角遇見愛情

72.〈秋〉

非心為悲

秋心為愁

秋天來了，楓紅

葉落，不識愁滋味

73.〈秋意〉

秋蟬窸窸聲自草叢竄起

驚動了菅芒，搖曳著寒意

醉了楓葉，微醺了晚霞

夜，就更深了

深秋露重
勸君添衣
湖綠染紅
別忘了秋
思濃念厚
心靈相依
在這個秋

早安，好朋友
今逢廿四節氣～寒露
別貪戀白日暖暖的陽光
早晚要要添衣別著涼了喲！

—— Limeichiang 澪西卡 2013.10.8(二) ——

74.〈日落〉

落日總是向著山外行進
西邊就有了絢麗的彩霞

溫柔甜蜜的黑夜夢鄉
等著，撫慰我們一生的疲累

75.〈鄉愁〉

月色翻著觔斗雲而來

當你有著仰望天空的寂寞

我們就有一片小小

小小，共同的思念

76.〈午後〉

躺在午後秋意的校園草地上

陽光冷不防的從樹梢灑下

只有最貼近地表

才能嗅出泥土與草根的芬芳

77.〈遊子〉

只有最接近故鄉的時候
才能感覺心跳的怦然加速

心動，於彼此的思念
心痛，於時光的飛逝

78.〈圍牆〉

浮動的白雲
探出頭的楓葉

狂野的心
圍不住的流光

欲飛的心，
在這棵選定的樹蔭下，
獲得片刻的寧靜
風吹落了葉，
飄落在我的書頁間，
輕閤雙眼，
仰向藍天白雲，
頃刻，
心，自由地，
飛了！
10.18～台北

79.〈枯〉

天使們曾一起採集春光

採擷秋意與詩篇，然而

冬，沉默了

自從葉子離開以後

80.〈雲〉

如果我們是一朵雲

心無罣礙

山其實並不高

峽谷也不深

81.〈人生〉

世間如潮水，人們走著
走著，忽然就蒼老了

如蝶，輕輕飛過花叢
剎那的悲喜，蝶去，花落

靜謐人間四月天
Limeichiang 2014.5.3

82.〈一期一會〉

林徽音說：停留是剎那

轉身是天涯

我說：轉身的剎那

過去是天涯，前方是永恆

83.〈過年〉

炮竹一響，舊歲除了
故鄉和我，都老了一歲

山蒼蒼野茫茫，土地不變的芬芳
桃李舞春風，新年就快樂了

2014農曆新年

竹綠報春
Limeichiang 2014, 1, 20(一)

84.〈瞎聊〉

你說瞎聊，我說蝦餅

我是雞，你是鴨

我是你，你是我

雞同鴨講也有趣，歡喜就好

85.〈繆斯〉

當繆斯愛上柏拉圖
再也不會喜歡三輪車伕

當繆斯戀上繆斯
就有了無盡的相思之苦

86.〈遇見〉

突然撞見美麗的繆斯
像小鹿在原野狂奔

不只細細的水紋
怦然，像海嘯襲來

87.〈海〉

想起南方的繆斯

海，都沸騰了

回程經過澎湃的大海

懷惴著，遠方的伊人

2014.4.10 (四)

88.〈給繆斯〉

兩個小小的傻瓜

在心裡依偎著，默默約定

要到很遠很遠的南方

去看看南十字星永恆的星空

89.〈想〉

每當想起妳時

星星也亮了起來

不知伊人，胖了瘦了

想念的季節，日子總是特別難熬

90.〈車站獨思〉

日子，無非是一長串的等待
匆匆的人影，匆匆的歲月

匆匆的愛情與生命
或許，幸福曾經停靠站

91.〈故事〉

每個人都有一個個故事
純真浪漫，悲傷或甜美

昨夜失眠，詩揣想著
回憶，像一個個驚嘆號

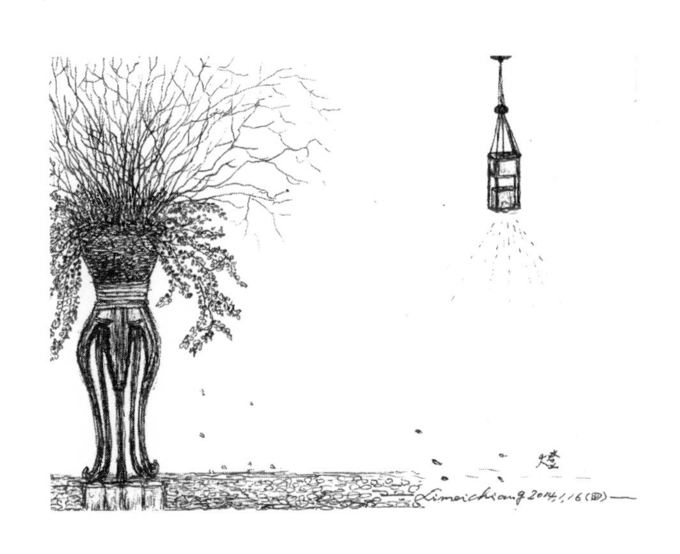

92.〈懷人〉

有天，妳一定會獨自
想起我，在某咖啡館的角落

那時，我們都是遙遠的人了
或許，都帶著微微的傷感

93.〈淚〉

淚水洗滌過的生命
或許，才算得上深刻

不曾讓妳掉淚的
不會是妳生命中的愛人

94.〈發呆〉

發呆，只想看看窗外
是否有白雲飄過

等到頭髮都斑白了
這世界，還是一片孤寂

和風午后，眺望八里·關渡大橋
— Linweichiang 2014.4.21 (一) —

95.〈鏡子〉

美麗的愛情，像鏡子

照見最真實的自我

卻不見隱藏背後的世界

啊！愛情，易碎品

96.〈永恆的戀人〉

除非，心不再跳了

否則，夢裡依舊

迴盪妳的倩影

呼吸妳的呼吸

97.〈悲劇〉

世界上最大的悲劇

莫過於兩個不再相愛的戀人

依舊，被婚姻的枷鎖

牢牢綑綁

北投 地熱谷旁
2014.3.

北投 綠光春景
Limei Chiang 2014.3.

98.〈已讀不回〉

望著一則則訊息，已讀不回

那就這樣吧，我的朋友

你必需愛著，離開

痛的感覺才能，持續

99.〈迷〉

你沒有真正愛過
因為，不夠瘋狂

在愛情迷宮，有人
一直沒出來過

Limeichiang 2014,1,12 (日)

100.〈預告〉

雷唱著他的夏天
雨跳起華爾滋

山谷裡的小溪熱血沸騰
我，即將遠行

絹絲瀑布
LimeiChiang 2014 4 11

後記

《新詩絕句100首》是繼《我曾看見妳眼角的憂傷》由苗栗縣政府教育處於11月獎助出版後，我的第五本詩集。本詩集繼筆者開始提倡以「絕句」的短詩寫作方式，大概歷時三年才完成。

一般詩人「趕工」的話，大概二至三個月可完成。為何筆者「拖延」如此久呢？原因是個性使然，「人生苦短，隨緣隨喜」一直是個人喜歡自我勉勵的話。凡事隨緣隨喜，寫詩也不例外，有感覺、有詩緒，才會動筆，盡量讓繆斯找上門，會醞釀，但不主動強求。

四行詩一如筆者提倡的新詩絕句，著名如卞之琳的〈斷章〉，是一良範：

你站在橋上看風景

看風景的人在樓上看你

明月裝飾了你的窗子

你裝飾了別人的夢

〈斷章〉是一首意蘊艱深的哲理詩，作為抒情詩來讀，亦詩趣盎然。優美如畫的意境，雋永的情思，戲劇性的畫面呈現，可說是經典之作。

筆者持續在臉書等推動小詩寫作，並貼文邀請詩友共襄盛舉。在《華文現代詩》以專輯方式刊出，持續推動新詩絕句四行詩的創作。

本書除個人提供照片外，特感謝全書採用江麗梅（Jessica Chiang）小姐的插畫。她的細字筆素描畫，風格簡約，是我喜歡的。感謝她慨然應允為筆者插畫，人與人赤誠的緣份，特別讓人感動！

最後，其它想說與不想說的，都在本書中，期待您的同感共鳴。並感謝所有識與不識的友人，對本書與本人的協助

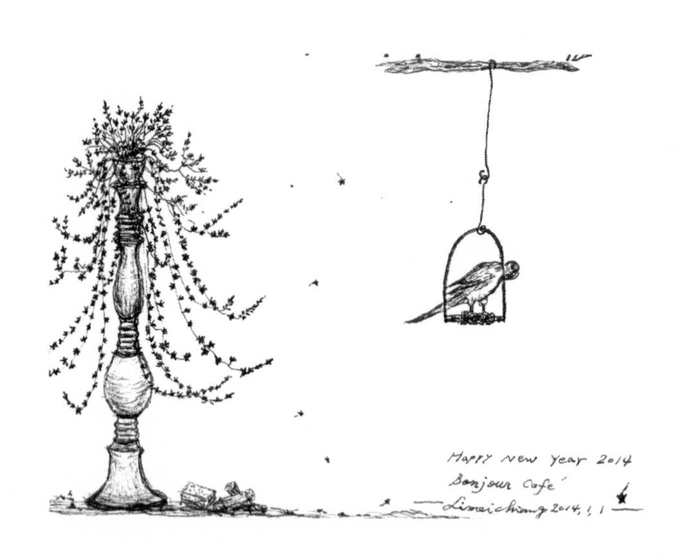

與包容。也感謝有緣人，您的讀詩。每個人天天為生活、工作、家庭忙忙碌碌，誰真能好好停下腳步，檢視一下我們曾經懷有的夢想？我們人生的體會與追求呢？

賺錢，不是我來這世界的目的。而文學，會是人生最好的寄託。詩，足能與永恆對壘。

2014年8月21日　於桃園

讀詩人60　PG1293

 新詩絕句100首

作　　者　劉正偉
插　　畫　江麗梅
責任編輯　陳思佑
圖文排版　連婕妘
封面設計　楊廣榕

出版策劃　釀出版
製作發行　秀威資訊科技股份有限公司
114 台北市內湖區瑞光路76巷65號1樓
電話：+886-2-2796-3638　傳真：+886-2-2796-1377
服務信箱：service@showwe.com.tw
http://www.showwe.com.tw
郵政劃撥　19563868　戶名：秀威資訊科技股份有限公司
展售門市　國家書店【松江門市】
104 台北市中山區松江路209號1樓
電話：+886-2-2518-0207　傳真：+886-2-2518-0778
網路訂購　秀威網路書店：http://www.bodbooks.com.tw
國家網路書店：http://www.govbooks.com.tw
法律顧問　毛國樑　律師
總 經 銷　聯合發行股份有限公司
231新北市新店區寶橋路235巷6弄6號4F
電話：+886-2-2917-8022　傳真：+886-2-2915-6275

出版日期　2015年4月　BOD一版
定　　價　180元

國家圖書館出版品預行編目

新詩絕句100首 / 劉正偉著. -- 一版. -- 臺北市 : 釀出版,
2015.04
面； 公分. -- (讀詩人 ; 60)
BOD版
ISBN 978-986-5871-85-7 (平裝)

851.486 104003999

讀者回函卡

感謝您購買本書，為提升服務品質，請填妥以下資料，將讀者回函卡直接寄回或傳真本公司，收到您的寶貴意見後，我們會收藏記錄及檢討，謝謝！
如您需要了解本公司最新出版書目、購書優惠或企劃活動，歡迎您上網查詢或下載相關資料：http:// www.showwe.com.tw

您購買的書名：____________________

出生日期：________年________月________日

學歷：□高中（含）以下　□大專　□研究所（含）以上

職業：□製造業　□金融業　□資訊業　□軍警　□傳播業　□自由業
　　　□服務業　□公務員　□教職　□學生　□家管　□其它_____

購書地點：□網路書店　□實體書店　□書展　□郵購　□贈閱　□其他

您從何得知本書的消息？
　□網路書店　□實體書店　□網路搜尋　□電子報　□書訊　□雜誌
　□傳播媒體　□親友推薦　□網站推薦　□部落格　□其他__________

您對本書的評價：（請填代號　1.非常滿意　2.滿意　3.尚可　4.再改進）
　封面設計____　版面編排____　內容____　文／譯筆____　價格____

讀完書後您覺得：
　□很有收穫　□有收穫　□收穫不多　□沒收穫

對我們的建議：____________________

____

____

____

請貼
郵票

11466
台北市內湖區瑞光路 76 巷 65 號 1 樓
秀威資訊科技股份有限公司 收
BOD 數位出版事業部

……………………………………………………………………………

（請沿線對折寄回，謝謝！）

姓　　名：＿＿＿＿＿＿＿＿＿　年齡：＿＿＿＿　性別：□女　□男

郵遞區號：□□□□□

地　　址：＿＿＿＿＿＿＿＿＿＿＿＿＿＿＿＿＿＿＿＿＿＿＿＿

聯絡電話：(日) ＿＿＿＿＿＿＿＿＿＿ (夜) ＿＿＿＿＿＿＿＿＿＿

E-mail：＿＿＿＿＿＿＿＿＿＿＿＿＿＿＿＿＿＿＿＿＿＿＿＿